# 정 따라
# 피는 꽃

최이천 제2시집

시음사
시사랑음악사랑

# 서정의 몽환이 들려주는 용기와 치유

현대에서 시인이 필요한 이유는 시인이 몽환의 정신을 가지고 있기 때문이다. 이 몽환의 정신은 각박하고 피폐한 삶의 길에 용기가 되기도 하고 잠시 쉬어가는 공간이 되기도 한다. 문명의 속성에 젖어 딱딱하게 굳어버린 인간의 서정 속에 감성이라는 윤활유로 부드럽게 해 주어 오로지 상승만을 위한 삶의 가치에 자아를 발견하고 자아를 지키는 역할을 해 주는 것이 시인의 몽환적인 서정이라 할 수 있다

최이천 시인의 〈정 따라 피는 꽃〉을 따라가다 보면 태고 때부터 간직하고 있었지만 현실이라는 삶의 가치에 떠밀려 가슴 밑바닥에 단단히 잠겨 있던 인간 본연의 서정이 맑은 샘물처럼 흘러나와 가슴이 따뜻해지고 안도의 숨을 내뱉게 된다.

시인의 사명은 참으로 많고 많지만, 그중에서 가장 귀한 것은 인간들이 가지고 있는 진정한 서정, 때 묻지 않는 서정을 일깨워 팍팍한 세상에 무지개를 띄워 삶을 윤택하게 만들고 잠시라도 마음의 휴식을 가지고 자신의 삶을 아름답게 갈무리하는 시간을 제공해 주는 것이다.

현대에 들어와 인간의 삶이 윤택하고 풍요해질수록 인간은 거기에 맞추어 살기 위한 행위에 몰두하여 나를 잃고 나를 학대하고 나를 소비하면서 조금의 틈도 없는 시간 속에서 '인간'이라는 본질을 잃어버리고 살아가고 있다. 이것은 사회 통념이나 가치의 척도로 성공한 삶이나, 실패한 삶이나 매한가지이다. 그렇지만 사람들은 무리 속에서 같은 행위를 보면서 함께 살아가다 보면 이것을 인식하거나 인지하지 못하고 지금의 삶이 당연하다는 착각에 빠져 하루하루를 보내고 있는지도 모른다. 이러한 삶을 각성시키고, 위로를 주는 것이 시인의 힘이며 위대함이 아닐까 한다.

최이천 시인의 〈정 따라 피는 꽃〉은 우리가 살아가면서 쌓는 것만큼 잃어가고 있는 '정'으로 나와 나와의 관계에 대하여 들려주고 있다. '정'이 타자에게만 향하는 것이 아니라 자신에게도 주어야 한다는 사실을 온유한 음성과 환상의 사유로 일깨워 주고 있는 것이다.

톱니바퀴처럼 꽉 짜인 일상에서 숨이 턱까지 차고, 발걸음이 무디어질 때 최이천 시인의 〈정 따라 피는 꽃〉을 만나면 현실과 같은 몽환의 세계를 통하여 나를 찾고 여유와 용기로 꿈을 가질 것이라 자신하면서 독자에게 추천하며 일독을 권한다.

(사)창작문학예술인협의회 부이사장 김혜정

## 시인의 말

삶이 시(詩)다
백목련의 고고한 자태
개나리꽃 노란 무더기
벚꽃의 하얀 가로수 길
진달래 빨강 산릉선에 어울리는
색색의 조화는 표현할 수 없는
걸작 시(詩)와 그림이다
걸작으로 펼쳐진 시(詩) 동산에
조그마한 시인이 걸어가고 있다
아름다움을 만끽하며 입체로
움직이는 시(詩)에 도취되어
멈춰버린 시화(詩畫) 작품으로
남아있고 싶습니다
걸작에 감격하며 더욱 분발하겠습니다
감사합니다

시인 **최이천**

# * 목차 *

## \* 목차 \*

QR코드   스마트폰으로 QR 코드를 스캔하면
시낭송을 감상할 수 있습니다

본문
시낭송
감상하기

 제목 : 정 따라 피는 꽃
시낭송 : 박영애

 제목 : 종착역
시낭송 : 박영애

 제목 : 잃어버린다
시낭송 : 박영애

 제목 : 꿈인가요
시낭송 : 박영애

 제목 : 등댓불
시낭송 : 박영애

 제목 : 젊음의 소야곡
시낭송 : 박영애

 제목 : 하얀 마음
시낭송 : 박영애

 제목 : 마지막 향기
시낭송 : 박영애

 제목 : 유자 같은 정
시낭송 : 박순애

 제목 : 윤슬과 물비늘
시낭송 : 박영애

 제목 : 먹장구름
시낭송 : 박영애

 제목 : 해가 뜬다
시낭송 : 박영애

시인은 자연을 이야기하고 시낭송가는 자연을 품었다
글자는 날개를 달아 언어로 날고 소리는 자연에 눕는다

# 정 따라 피는 꽃

황금보다 귀한 사랑
무심으로 떠나간
빈자리에 잡초인 듯
자라난 정 빈자리를 채운다.

못다 한 한마디
가슴에 쌓여 아리는데
석양 노을은 바늘 되어
눈물샘 터트린다.

마침표 없는 정
세월이 갈수록 작은
손짓하나 놓치지 않고
망막에 상을 그려준다.

어리광에 어부바하던
따스한 등허리에 업혀
자장가 듣던 흐릿한 기억
잊을 수 없습니다

욕심 없이 시인처럼
살라 하던 정 많은 누이야
그 말씀 씨가 되어
시를 씁니다

생동하는 봄 속에
보고 싶은 그리움
아지랑이로 피어오르고
뚜렷한 신기루 같아
멀리서 바라봅니다

제목 : 정 따라 피는 꽃
시낭송 : 박영애
스마트폰으로 QR 코드를 스캔하면
시낭송을 감상할 수 있습니다

7

# 꿈 꽃 피기까지

누구
날고 싶은 꿈이
저기 날아가는 비행기

누구
바다를 달리고 싶어
배를 만드니 여기 유람선 오네

누구
밤 빛나는 거리를 보고 싶어
가로등 만드니 네온 불빛 찬란하네

꿈 주인은 가고
꿈들이 꽃처럼 핀
오늘을 즐기는 주인은 누구

찰나에 무수한 꿈이 유성처럼
반짝 사라져 별똥 되고
살아남은 꿈은
주인 찾아
꽃으로 필 거라네

꿈 꽃으로 피어날 한 모둠 생각에
정기를 모아본다.
훗날 주인은 누구

# 하얀 마음

눈을 감으면
하얀 마음 보인다.

개여울 맑은 물에
옥양목 헹구고 씻어
눈부시도록 하얀색
빨랫줄에 걸어 마르는
어머니 마음 누님 마음
지금에야 보인다.

철들었는가
이렇게 눈을 감고 보는
하얀 마음에 콧등이 시큰하다.

엄마야 누나야 마음은 죽지
않는다고 했지
저 멀리 푸른 하늘 뒤편에서
웃어주고 있겠지요

하얀 마음이 웃고 있는
하얀 웃음소리 내 귀에
들려옵니다

잊을 수 없으면 그리워지는가
그리움은 시공간이 없는가
그리움 하나라도 안고 살자

제목 : 하얀 마음
시낭송 : 박영애
스마트폰으로 QR 코드를 스캔하면
시낭송을 감상할 수 있습니다

9

# 종착역

간이역 지나 종착역
국화 속에 사진 한 장
웃고 있다

해맑은 미소가
예전부터 여기 올 줄 알았는가요
여유로운 모습에
웃고 있어도 눈물이 보인다.

비워버리고 놓아버린 이
허탈하신가요.
시원하신가요
알 수 없는 당신은
아무 대답이 없습니다

속 뜨겁게 들여오는 비우라는 그 말 한마디
많은 그것 탐하지 말란다
버리고 비우면 몇 정거장 더 간대요

당신의 종착역에 환송객
노란 가을 낙엽
뚜벅뚜벅 가고 있습니다

삶은 알 수 없는 그 시간
마지막 정거장 찾아간다.

제목 : 종착역
시낭송 : 박영애
스마트폰으로 QR 코드를 스캔하면
시낭송을 감상할 수 있습니다

10

# 잎새들의 이야기

바람 불어온다.
순일 때는 간지럽다 했지
자란 잎 되어서 서로가
검푸른 바바리코트 입고
깔깔거리며 몸 부딪치는
춤으로 시간 가는 줄 몰랐다

된바람 기세에
마파람이 그립구나
옷매무새 매만지며
추위에 오그라든다.

노랑 검은색으로
따뜻하게 갈아입어야 해
갈맷빛으로 반짝이던
내 모습이 그립다네

된바람이 된서리 몰아온 이
잎새는 늙어버리고
낙엽이 되네 너 모양 내 모양이
왜 이러니 차라리 날아가 버린다.

허공 돌아 떨어지는 곳
내 고향이란다
여기 향긋한 흙냄새
고향에 돌아왔습니다

*된바람 – 북풍, 마파람 – 남풍, 갈맷빛 – 검푸른 색깔*

11

# 풀잎에 안긴 이슬

새벽에 오신 임을 안고
볼 비비는 연인 같은 너
찬바람 소슬한 이
너무 그리웠다.

기별 없이 와서 안기니
놀랍고 반가워서
오랜 시간 이렇게 있고 싶다

새벽에만 나눌 수 있는
우리들의 이야기는
사랑, 정, 이별까지 예지하며
급하게 쏟아내는
소낙비 같은 이야기다

해가 뜨면 이별하는 운명 앞에
무엇이 아까우랴
가져도 받아도 필요 없는 물질보다

힘주어 껴안은
살아있는 팔의 힘이
이 시간 더 소중해
우리는 더욱 깊숙이 파고든다.

열린 풀잎은 하늘같이
맑은 모습으로 변화한다.

그 모습이 첫사랑 모습인가요
푹 젖어서 행복해하는
이슬 안은 풀잎

# 마지막 향기

바람 지나는 길목에
잎새들의 이야기
실어 보내고

세월이 주름지는 곳에
함께 주름져 늙었다 한다.
님과 남이 오가는
교차로에서 그냥 서성인다.

잊었던 인연
몰랐던 인연 어쩌다 만나면
길동무 되어 간이역 의자에 앉아
알록달록 옛 추억 이야기한다.

흑갈색 낙엽 뒹굴고 쌓여있는
의자 밑에서 마지막 향기 되고 싶다는
탄원 소리 들린다.

끌어모아 안아서 연소하니
자연향 풍기며 나래 펴고
하늘 날으며 찡긋 눈인사한다.

제목 : 마지막 향기
시낭송 : 박영애
스마트폰으로 QR 코드를 스캔하면
시낭송을 감상할 수 있습니다

# 잃어버린다.

알 수 없다
검정 거울 속에
세월이 주름져버리고
수축할 때마다 잠깐
나타나며 웃다가 굳어버린다.

짝사랑 희비극
관중은 울고 웃는다
백 년을 못 견디는 기억 창고
임이 주인공인 줄 미처 몰랐습니다

삶은 탑이 되어 높이 쌓여있는데
주인 없는 탑이란다

쌓아 놓은 탑 위에 올라가
앉아보지 못하고
탑의 존재를 잃어버린다.

잃어버린 것에 아쉬움도
미련도 없는 임아 그대 모습은
천사로 변하였네!
그대 모습은 영원한 평화였다

# 사랑이 나무처럼

큰 나무가 된 사랑
어디쯤을 보면서
사랑을 느꼈을까?

솜털이 송송한 떡잎인가
길쭉한 허리였을까
낭창낭창한 가지인가

무성한 잎새들의 노래였을까
비가 오면 비를 맞는 모습
바람 불면 바람 따라
흔들리는 유연함인가

세월이 가야 보이는 뿌리
퍼져있는 가지만큼
미지의 땅을 헤집고
양분을 모아 받친다.

겉으로 보이지 않던
그 모습이 사랑의
결정체인가 봅니다

어느 일부만 느꼈던
사랑으로 전부인 듯
착각은 자유였습니다

그릇이 작아 사랑 나무
전부 담을 수 없어요
박애의 실루엣 속으로
조금 들어가 보렵니다

# 소리 재

안개도 혼자 가고
구름도 혼자 가고
소리만 모여있다.

달빛에 어울리는
소리 재에 상고대는
가을과 겨울을 부여잡고
끝과 시작을 풀어내려
지나는 바람을 잡아
득음에 몸부림친다.

삭풍에 사랑을
빼앗긴 몽달이 한인가
임을 기다리다 고혼이 된
손각시 한인가
어쩌면 둘이 만나 회포를 푸는 소리
휘~~휙 우우 휘~익 리듬이 다르다.

소리꾼의 못다 이룬
덜 익은 소리
득음이 생채기하고
피를 토하는 순간의 고요
여기 소리 재에 남아있다.

을씨년스러운 음산함을
소리 재는 달빛 그림으로
즐기고 있다

* 몽달이 – 총각 귀신, 손각시 – 처녀 귀신

# 유자 같은 정(情)

불타는 사랑
꺼져버린 사랑
빈터에 남은 재
그 속에 노란 유자가 보인다.

웃고 울던 그림자들
어리고 굳어져
그윽한 유자 향기로
코끝에 맴도니

짠 눈물 목젖을 타고 흐른다.

질긴 정 끝끝내 남아
잃어버린 세월을 헤집어 판다.
임 떠나고 사랑도 떠났는데
정 너는 모질게 남았구나

겨울 속 찬 바람
긴긴밤을 정 너를 안고
울고 웃는 연극으로
중얼거린다.

제목 : 유자 같은 정
시낭송 : 박순애
스마트폰으로 QR 코드를 스캔하면
시낭송을 감상할 수 있습니다

# 꿈인가요

사푼사푼 내려와
꼭 껴안아 준다.
어디선가 장엄한
운명이 비창 속에
천둥소리 '쾅 쾅' 한다.

가슴이 없는 곳에
심장이 뛴다.
조금만 더 알면
아주 쉽게 말해줄 거야

쉽게 말할 수 없어
속은 타고 겉은 익는다
창을 열어 바람을 불러온다.

바람은 슬픈 눈을 깜박이게 한다.
널름한 코에 향기를 주고
앙증스러운 귀에 음악을 준다.

순간에 모두가 멈춰버린다.
누구 없소 불러본다.
고요가 깊어가고
침전된다.

꿈인가요

제목 : 꿈인가요
시낭송 : 박영애
스마트폰으로 QR 코드를 스캔하면
시낭송을 감상할 수 있습니다

21

# 미라의 절규

임의 모습
그렇게 열심히 살았는데
이 모습이 정말 당신입니까

말라 버린 모습이
나의 미래라면
너무나 싫어집니다

멕시코 께르따르 사백 채(體)
미라 앞에 머리 숙여
육체의 허무함을 한탄합니다

아니지
마른 멸치가 아니고
사람이야 만물의 영장이다.

뜨거운 태양 아래 베사메 무초 음률에
춤추던 임들 차양 넓은 모자 속에
첫사랑의 사연 감추고
전쟁터 출전했다

용사의 아내는
날밤 새운 그리움에 지쳐 잠들고
지금도 쇠로 만든 정조대
벗지 못하고 누워있다

하고 싶은 이야기 얼마나
많았을까?
애틋한 이야기
들리는 것 같아
가만히 들어봅니다

정조대 풀어드릴걸
욕심 버릴걸
다시 살아난다면
용서 빌며 누가 배고픈지
찾아가 술밥 사주고
외로운 자 찾아가 웃게 하련다

# 유영(遊泳) 세상

붙박이냐?
방랑이냐 한 번쯤
훨훨 날아가 보자


인도의 창고에서
집시들을 불러내고
몽골의 창고에서 유목민
천막을 얻어와
광활한 초원에 천막을 짓는다


축제를 열어 힙합과
라틴음악으로
잉카의 억울한 영혼들 불러내어
한바탕 놀다 가자


살풀이 대가들 모여
억울해서 눈 못 감은
구천의 영혼들 위령 춤으로
화답하고 시원하게 울어준다.

시모 살이 싫어서
보헤미안 가던 길
뒤돌아보지 말고 가십시오


천 권의 책을 읽고
간추려보니 짧은 시 한 마디
거기서 거기더라
빙긋이 웃어주는
유영 세상이다

# 흙을 품은 봄

꽁꽁 얼어서
열릴 것 같지 않아
돌아설까 했었지

속까지 얼어버린 흙
변할 것 같지 않아서
애태우며 바람으로
빙빙 돌았었다.

하늘에 소원하여
조금만 따뜻하게
눈보다 비를 달라
애원했었다

하늘은 봄의 기도를
봄의 노래를 듣고
태양을 열어 온기를 내리고
보슬비로 달래고
이슬비로 어르고
그래도 열리지 않는 곳에
소낙비로 때리더라

흙은 눈을 뜨고 봄이 주는
선물에 마음을 열어
달콤한 밀월 속에 잉태의
기쁨 즐긴다.

봄과 흙은 부부 되어
헤아릴 수 없는 자식
거느리고 수많은 꽃
진동하는 향기에 취한
웃음소리에 손뼉을 친다.

# 빛바랜 사진

누렇게 변한 흑백사진
그 속에 많은 것이 보인다.

삼촌 장가가는 날 신붓집
마을 청년들 신랑의 시 짓는 수준을 보는
마상 놀이와 함진아비 얼굴에 숯검정
바르는 보습 보인다.

신붓집 마당에
초례상 차려놓고
축사와 답사 읽던 모습
시로 자웅 겨루고
초례상 앞에 진열했었다.

봄놀이 벚꽃이 필 무렵
순회하는 가설극장
활동사진 무성영화
변사의 울리고 웃기는
열변은 낭만이었다

보리밭 김맬 때쯤
노래자랑 콩쿠르대회
홍보하는 마이크
손수레에 싣고 동네 어귀에서
애수에 소야곡 한 많은 대동강
기타 연주에
김매던 처녀들 호미 들고
합창해 주던 보습 아련하게
떠오른다.

빛바랜 사진 속에
한 권의 소설이 숨어 있었다.

# 숨비와 물질

검푸른 물살 헤집고
물구나무 서게 하는 여인
납덩어리 가슴에 달고
물속을 날다.

부표만 남아 있는
적막 같은 시간은
뭍에서 바라보는 마음
조마조마하다

휘~익히며 머리가
보이는 순간 살아있구나
마음이 안정된다.

몇 미터 헤엄쳐 부표를 잡고
다시 한번 뚜렷한 휘파람 소리
숨비 한다.

단순한 듯 애절한 숨비
간절한 삶이 그림 되어
공유되는 뭍 물의 거리
공간을 채워주는 산소
함께 숨 쉬는 우리는 자연이다

무엇을 잡아서 부표 주머니에
모으는가? 멍게 해삼 전복 소라
자연산을 원하는 자연인
턱밑까지 차오르는 숨비 속에
슬픔과 환희가
뒤섞여 먹거리가 된다.

휘~익 세상은 한 번의 숨비
긴 숨 한번 쉬는 지금 웃는 자의
세상이다

# 동백꽃 사랑

동백꽃 한 아름 안아 보았소
누구보다 당신을
사랑하는 꽃

내 속에 연붉은 빨강 정열이
솟아 나와요. 세월 속에 무디어진
빛바랜 연분홍 젊은 색상에
다시 사랑하고픈 힘이 생겨요

인연이 삭아버린 잊었던 옛사랑
한 바구니 꽃 무더기 속에서
줄지어 살아 오르니 여기가
내 젊은 추억의 옹달샘이다

고목에 값있게 피어 있는
오동도 동백꽃 고마워요

# 기다림

줄 것 없는 시간 빼앗고
버릴 것 없는 시간 주는가?
떠나버린 항구에 배는
기다림도 싣고 가는지
오동도 뒤에 두고 인사 없이 간다.

여름 싣고 떠난 배
가을 싣고 떠난 배
이제 겨울 싣고 떠나려 한다.

매화꽃 눈망울 터트리고
눈떠버린 매화 앞에 동장군
멋쩍어 손사래 치며
떠나는 배에 기다림 싣고 옮겨간다.

동장군에 버림받은 동백꽃
애타는 모습은 빨갛게 피멍 들어
보는 이 눈시울 적신다.

버려도 기다린다는
온몸으로 말하는 꽃잎 시위에
기다림을 두고
떠나간대요

# 잡지 못한 사랑

반짝반짝 빛나는 윤슬
금물결 일렁거리며
손짓하는 모습에 홀려
뛰어가면 저만큼 가버린다.

잡지 못한 사랑
일정한 거리 좁히지 못해
안달하던 모습입니다

알량한 자존심
아픔이 되고
손 뻗어 잡지 못해 후회한다.

달밤에 담을 넘는 꿈
쓰르라미 우는소리에
예민한 가슴만 애달파
하얗게 밤을 새우다

그때도 봄이었지
오늘처럼 벚꽃이 피던 날
택시를 타고 시집갔었지
차 앞을 막아서 가자 마라
외치고 싶었었다

나 혼자만 좋아했었나!
아니야 그녀의 눈 속에
그윽한 사랑의 눈빛
마음을 흔들었던 눈웃음 보았어.
입가의 작은 미소에
매혹되어 혼미했었다

잡지 못해 놓쳐버린 사랑
독초를 먹은 듯 후유증에
아리던 마음도 지나간
옛이야기 되어 웃고 있다

# 봄 마실

뭐 하니
화창한 봄날
살랑살랑한 봄바람에 나부끼는
연두색 옷 입고 꽃동네 찾아가서
꽃 대궐에 너도 함께 피워야지
너보다 예쁜 꽃이 없다 하더라

사랑에 콩깍지 오거들랑
묻지 말고 팔짱을 끼고
사푼사푼 나비 걸음 걸어 나와
봄 마실 아름다움 즐기시고
하나의 자연임을 자랑한다.

봄 마실 이웃 찾아
기웃기웃 봄 처녀에
봄 총각 찾아오거든.
백 년의 인연 꽃 활짝 피워
오가는 길손 눈 모이는
연리지 사랑 나무 되어
백 년을 한 몸으로 꽃 대궐에
붙박이 하고 싶습니다

봄 마실 내 동무야
너무나 순수해서 들떠있는
상기된 볼 모양이 어느 꽃보다
예뻤지, 두근거리는 가슴
숨기고 싶어 어리보기 했었다

그 마음 올봄에도 그 자리에
남아서 어색한 웃음
웃고 있더라

# 윤슬과 물비늘

해는 햇빛으로
달은 달빛으로
일렁이는 잔물결
동숙의 기쁨인 듯
금침에 은 결로 노래한다.

볕뉘 어른거림에
춤추는 해조 웃음을
소라의 노래로 들어보렴
물결의 박수 소리 우렁차다

볕살에 물살이
결합하여 잉태한
황금빛 물비늘
반짝이는 윤슬의 노래가
여수 앞바다의 버스킹
함께 춤추고 싶다

보고 또 봐도
매료되고 심취되어
해 넘고 달 떠도 그 자리
앉아 세월을 낚고 있다

살아 흐르는 실핏줄
지도 속의 실 같은
여수 앞바다
물비늘 윤슬의 춤사위
영혼까지 품어 안아
해와 달 세월을 멈추게 한다.

제목 : 윤슬과 물비늘
시낭송 : 박영애
스마트폰으로 QR 코드를 스캔하면
시낭송을 감상할 수 있습니다

39

# 전주곡 사랑

소꿉장난 즐거웠던
신랑 각시놀이했지
각시는 나물 캐고
신랑은 나무했다.

각시는 밥 짓고
신랑은 마당 쓸고
둘이는 마주 보고 웃었지

사랑이 뭔지 몰라도
둘이는 아빠 엄마
신랑 각시 되는 연습
소꿉놀이했었지요

불순물 없는 사랑
순백의 드레스처럼
하얀 마음 부딪히면
더욱 하얘지는
첫눈 같은 마음 그립습니다

꼬마 각시 내 친구야
지금은 어느 하늘 아래
정든 님 품속에서
새근거리니 보고 싶구나

덧없이 가는 세월
기억은 희미해져도
추억은 코끼리처럼 뚜렷해져
잔잔한 미소 입가에 그려준다.

# 등댓불

잃어버린 방향
찾아주는 등댓불
길 찾은 즐거움이다

바다 비추는 등대
하늘 비추는 등대
마음 비치는 등대
방향 잃은 나그네의 기쁨이다

왜 그리 바쁜지
어지러운 세상은
사람들의 방향을 뺏어 간다.

어지러워요. 지구의 소리다
흔들려요. 얼음 동산
펑크 나요. 하늘 구멍
오염돼요. 지구 공기
넘쳐와요. 바다 물길
쫓겨가는 물고기들
한숨 쉬는 공중 새 떼
이 지경을 누가 만들었나!
너라고 손가락질한다.
철면피 사람들은
모른다고 손사래 친다.

네 탓 내 탓 무책임한
사람들 주인 자리 포기하고
방관하는 정처 없는 방랑자
등댓불 없는 길을 간다.

개벽에 사라져간 공룡에게
물어봐서 등댓불 하나
만들어 세워야겠다

제목 : 등댓불
시낭송 : 박영애
스마트폰으로 QR 코드를 스캔하면
시낭송을 감상할 수 있습니다

43

# 먹장구름

해와 달을 먹어버리는
정체 모르는 먹장구름
별빛이 그리워져
하늘을 쳐다본다.

아무것도 보이지 않아
눈을 감으니 검은 옷자락
펄렁거리는 순례자들
길을 잃고 방황한다.

두 손 모으고 하늘을 찾는 자
묵주를 헤아리며 정좌한 자
성호를 그리며 묵언 기도자
목탁수행 우화등선(羽化登仙) 고대한다.

먹장구름 하늘까지 먹어버린 이
하늘 오르는 사다리가 숨어 버린다.
우화등선(羽化登仙) 되어 천상에서 잔치하고
다시 도성인신(道成人身) 순회하고 싶은 욕심
물거품 같은 꿈이었다

격(隔)이 다른 경계를 넘나들겠다는
포부는 허상에 제물이 된다.

지금 가진 이 세상 진상(眞相)에 웃자
사랑하고 싶은가 사랑하라
버리고 싶으면 버려라.
버리고 지우니 산들바람 불어온다.

천 그루 소나무 향기에 눈을 뜨니
먹장구름 오간 데 없이 사라지고
청정 하늘에 별 노래 부른다.

제목 : 먹장구름
시낭송 : 박영애
스마트폰으로 QR 코드를 스캔하면
시낭송을 감상할 수 있습니다

# 젊음의 소야곡(小夜曲)

초야의 희망 만남의 꿈
낮에 지친 노동은
포근한 밤 그대 가슴
그대 숨소리에 마음을 풀고
넉넉한 공간이 되어
어둠이 쌓이면 소야곡의
춤을 춘다.

어슴푸레 보이는
공간 속에 안도하는
젊음은 정열을 발산한다.

어둠에 가면을 쓰고
용감해지는 젊은 그대
마음껏 춤춰라

오가는 길목에 밝은 가로등
하루살이 무리로 모여 춤추듯
외로움 없는 젊음의 거리

바람이 없어도 움직여라
눈보라 쳐도 멈추지 말아라
가던 길 끝을 보고
돌아서면 늦어진다.

小夜의 어둠은
사랑이 꽃피고 젊음이
발산되어 생명의 밀어들이
숨 쉬는 초원 같은 공간이다

제목 : 젊음의 소야곡
시낭송 : 박영애
스마트폰으로 QR 코드를 스캔하면
시낭송을 감상할 수 있습니다

# 문을 열고

태의 문 열고 세상에 와서
삶을 완성하고 떠나야 한다.

예쁜 그릇들 고열 속에서
떨리고 흔들리다 정해진 날짜에
문이 열리면 완성품 되어 나온다.

주인 마음에 들지 않으면 던져지고
깨어져 사금파리 된다

스스로 미완성이라 외치는
우리는 사금파리
또 다른 문이 열리기를 기다린다

관념의 문
스스로 열어볼 수 있게 되어 있다
그 문을 여는 순간 너무나 많은 것이 보인다.
과거 현재 미래까지 혼재되어
변별되지 않아 멍멍하여 울렁거린다.

부둥켜 울고 껴안고 미친다.
우는 것도 웃는 것도 아닌 묘한 모습
분명하고 확실한 모습이면 쫓겨나고 죽는단다

불빛도 희미하고 모양도 희미하고
너의 것도 아니고 나의 것도 아니고
모든 것이 미완성으로 변한다.

분명히 태의 문을 열고
완성품으로 왔는데 관념의 문을
여는 순간 미완성이 되어 버린다.

관념. 시 공간 넘나드는 곳
물 되고 바람 되는
마음의 놀이동산 한번 갇히면
나오기 싫어 머뭇거린다.

# 풍천(風川)에 가면

실개천 따라
개여울 지나!
바람구멍 있는 포구
낙포 내 고향
물과 바람이 합창하는
하모니 천재들이
모여있는 곳

달빛을 가득 안은
계안 繫岸의 만조
펄 바닥 귀살이 타도록
물을 비워내는
썰물 광경
그림이 바뀔 때마다
천재 화가는 표현 아쉬워
절망한다.

펄밭 칠게 춤사위
짱뚱어 뜀박질
물속 풀게 먹이 찾는 모습
장어들의 입 모양
그림 찾기 퍼즐 같은 세상에서
유희하던 시간은 기억 창고에 쌓여
세월의 먼지 속에 묻혀 있다.

# 꽃비 된 매화

눈 속에 몽니 부리듯 피었다가
강냉이 팝콘처럼 보이고
눈처럼 휘날려 마당에
쌓여있는 매화 꽃잎 속에
속세와 정토가 교감한다.

매화 피고 지는 꽃비 속에
겨울과 봄이 담긴 바구니
피고 지는 운명의 시간을 담아
삶과 이별을 나눔 한다.

바람이 불지 않아도 떨어지는
깨끗한 자리 비움. 욕심 없는
모습을 쳐다보며
맑은 마음 받아본다.

고결한 매화 닮아 가 보자
정결한 꽃잎 되어
신선처럼 살다 바람인 듯
그림자 없이 날아가련다

# 소생하라

눈을 감는다
말라버린 심장을 바라본다.
독소로 반짝이는 눈동자
식지 않은 이기의 집념
부를 노리는 도박꾼
소탈을 가장한 위선자

허망한 꿈을 위해
이웃을 노략질하는 강도
양심을 속이는 도적
쭈뼛한 아성을 자랑하는
철없는 어린아이들

사랑하라 외치는
사랑의 시체들
누가 구원할 것인가 혼란뿐이다

진리를 병들게 하는 무지함은
삶, 죽음 모르면서 삶을 외친다.

내일의 공동 운명 모두가 임자 없어
구멍 뚫린 초가지붕 같구나

그대여 소생하라
진리로 체념을 깨워서
가는 시간에 맡겨두고
오는 시간에 찾아보면
그대는 소생하여 웃고 있을 것이다

# 유월 전쟁(6.25)

왜 싸웠어.
전쟁에 죽어버린 사백오십만 피 외침이 들려온다.
혼은 구천에 눈은 한반도에 멈춰 있다.

진실을 달라고 한다.
해골 된 진영(陣營)들
지금도 헛소리하며 심술을 부린다.

말라버린 거짓은 온몸에
분노로 떨려 오는데
유월은 여인의 한(限) 되어 서리 내린다.

스스로 우는가?
누가 우리를 울게 하는가 억지로 만든 쌍둥이
한 놈은 배고파 울고 다른 놈은 배불러 운다.

눈물의 맛을 아는가?
입가에 흘러내린 눈물
한번 홀짝 해봐 짭조름한 혀의 맛과 목에 맛이 다르더라.

울어라.
소낙비처럼 떨어지는 눈물 속에
사랑이 보이거든 부둥켜안고 울어보자

남아 북아
싸운 지 칠십 고희 되었구나!
진실은 세월에 쌓여 있어
용서하고 평화에 정착하자

째깍째깍 초침 소리에 먼동이 튼다.

# 갈등은 싸움

고통이냐 재미냐
칡이 왼쪽 등나무 오른쪽
서로가 얽힌다.

그냥 쭉 가면 영원히 못 만나는데
시야가 좁아 덩치 큰 나무에 짝사랑
서로가 차지하려는 경쟁 같다

네가 덮쳐오면 숨 막혀 고개 들고
다시 살려고 용쓴다.
너 위에서 다시 감을 때 희열

목이 감겨 죽을 것 같은데
다시 살아나는 용기 싸움이 삶이야.
싸우지 않으면 심심하다

조르기 내치기 업어치기
구르기 꺾기도 있어.
밀치기도 있다

야 너 싸움꾼 맞아 눈치가 고수야
웃기지 마! 촉이 고수야
아는 척할 때 덮친다.

기합 소리 좋고 받아치기로
한 방에 보내야지
내가 한 수 위다

박치기 맞고 떨어졌다
이겼지 하고 얼굴 만져보니
내 코가 없어졌다

야 내 코
입에서 던져 주며
빨리 병원 가란다

# 추억의 새벽

닭이 울면
겉보리 방아 찧어
가마솥 밥 짓던 어머니

소먹이 나가면
우물물 긷던 긴 머리 처녀
좁은 골목 시끌벅적했었다.

눈곱이 덜 털어진 눈으로
잠을 쫓으며 소 몰았지
아~ 잠 더 잤으면 좋겠다.

아쉬워하며 걸으면서
꾸벅 졸릴 때도 있어.
돌부리 걸려야 정신 번쩍했었다

걸망에 소 꼴 가득 채우고
늦은 아침 돌아오면
보리밥 고추장 애호박 무청 김치에

한 양푼 비벼 먹고
책가방 띠처럼 어깨에 걸고
뛴다. 너도나도 뛰었다.

그렇게 배웠던 글로
오늘 시를 쓰고
그 시절 노래한다.

지금 나의 새벽은
환상(幻想) 노래로
이상(理想) 찾아 날고 있다

# 나노 시대 (10-9나노)

나노 시대야
그리스 난쟁이 나노 선후배 중에
키가 작을수록 더 인기지
작은 키 자랑 대회다

측정할 장비가 없어 이제야
마이크로 떠나고 나노 나왔지!
지금 만들어진 신품은 아니다.

예전에도 있었어 할머니
나노를 알아보고 대나무 숲에
움집 만들어 장독을 묻었다.

목욕하고 정성 들여 술밥 재우고
청솔가지 덮어주면
그때쯤 나노는 일어나 일했다.

보글보글 솟았다 꺼지기를 반복하고
냄새로 작업 보고했어.
할머니는 다 알아

냄새가 이상하면
청솔가지 더 많이 덮어 주었어.
나노인 나를 알아본 분은 할머니뿐이다

독에 송송한 숨구멍 솔향기로
왕래시키니 나노는 기운을 얻고
황금색으로 익어 맛있다 했어.

이놈 한잔 들어가면
누구나 뜬구름 흘러가듯
내 이름 노래한다.

니나노 니나노 얼싸 좋다

# 해 뜨고 달 뜨고

낮엔 해처럼 밤엔 달처럼
발버둥 쳐도 햇빛의 그림자
동동거려도 달빛에 그림자
벗어날 수 없어라

봄 속에 봄처럼 살자
내 속에 갇혀 숨 못 쉬던
방종 같은 자유에 기운을
주고 일어나라 깨워서
소풍 간다.

산천경개 돌아서
봄동에 노랑꽃 피우듯
주름 속에 회춘 꽃 피워 본다.

불어오는 봄바람 높낮이
없이 찾아오듯이
가고 오는 봄맞이 인연 따라
예쁜 꽃 찾아오는 벌 나비처럼
그렇게 살아보자

봄바람아 불어라
내 마음아, 날아라
붙어있는 먼지 같은
근심·걱정 헌 옷처럼 버리고
새봄에 새 옷 입고 함박웃음
손뼉까지 쳐보자

# 은어들 군무

빠른 놈
예뻐서 손 담그면
저만치 가버린다.

물비늘 함께
춤추는 모습에
넋 놓고 바라본다.

떼 지어가는 너의
군무는 여기서만 볼 수 있어.
내 눈을 가지고 가버린다.

보고 또 봐도 싫지 않아
개여울 따라가면 물 깊은 곳에
모여 노는 자유 모습 참살이 같다

그런데 뭘 먹고 사니
탱글탱글한 피부에 빤질 한 윤기
햇빛 찾아와 반사되니 더 곱다.

물 따라가는 수많은 무리
부딪히지 않고 싸우지 않고
먹이 있으면 나누어 먹을 거야

많은 식구 건사하시는 임은 누구십니까?
거룩하시오. 미쁘시오. 그 품에
안겨 물소리 자장가로 잠들고 싶어라

# 왜 이렇게 살아

태어나자 6.25
일어나자 배고픈 보릿고개
달려보니 초등학교 강냉이죽 한 그릇

눈 떠보니 4.19, 5.16, 10.26, 12.12
달력이 어지러워
정신 차리니 5.18

가다 보니 달러벌이 중동 땅
숨 쉬어보니 모래바람 미세먼지
돌아오니 춤바람 날아간 파랑새

이제 보니 한 몸 살자
앞도 뒤도 보지 말고 그냥 먹고 즐기잔다.
무서운 그 생각들

아기 울음 절벽 되고
노인 눈물 홍수 되니
어찌할까? 대한민국

배지 단 한량들
박자부터 엇박자라 보는 이 사라지고
입만 남은 여의도

입힘으로 뱃심 빼니
홀쭉해진 국민 다수
벚꽃 보며 피운 꿈이

떨어지는 꽃비 되어 하염없는 눈물이네

# 자연 속 가을

봉숭아야
풋사과야
너는 꼭 자연같이
생겼구나?

배야 포도야
자연이 너같이
생겼구나!

삶이 자연이라
빛나는 금메달 같은
열매는 가을의 작품
자식같이 탐스럽구나!

햇볕과 신선한 공기
값없이 주신 님께
감사하며
기쁨으로 춤춘다

내 영혼에 결실도
가을 열매 닮아야지
감사로 익어지게 하소서
새로움이 넘치게 하소서

샘솟는 감사가
가을 잔을 넘치게 흘러
단풍 눈물 닦아 주소서
힘 있는 자 오른팔에 안겨서

가을을 완성하는
향기로 피어올라
잠자리가 뜰채에 걸리지
않는 춤을 추게 한다

# 진주와 동거

아픔이 삶인가요.
이방을 품고
모순을 안아
고통을 참아야 한다기에

삶이 아픔인 줄 알았어요.
처음엔 젖몸살인가?
아픈 내 몸이 싫었어요.
눈물 흘리고 울기도 하였다

내 눈은 부어있고
하품하는 때가 많아
쓴 물도 마셨지요.
시간은 가고 세월이 흘러
아픔이 사라지며
작은 혹으로 만져지고
어느 때 움직이지 않으면
궁금해진다.

이제는 장난을 쳐요
살을 움직여 밀어내면
못 나간다고 버팁니다.
주인처럼 행세하기에
누가 주인가 물어보며
그냥 웃습니다

이제 친구 되었어요.
느낌이 없으면 심심하여
오늘은 뭐 하냐고 귀엣말로 물어보면
거울 보며 너무 예뻐 자랑하고 싶단다

얼굴은 달덩이 같고 빛깔은
기쁨 눈물 속에 반짝이는 햇살이랍니다

# 가슴에 뜨는 달

휘영청 밝은 달
두둥실 보름달
그리움 나들고
작은 소망 심은 달

어느 쪽이 굽었는지
풍년 점치던 그 시절
아들딸 혼사 되어
추석에 웃는 달

구름 속에
안갯속에
빛을 보내 주인공 만드시고
혼자 술잔 속에 들어와 친구 하는 달

그때나 지금이나 똑같은
내 마음 점령자
달 가슴으로 산다.
다 놓아 버릴 때도 잡아준 달

널 바위 바닷가
황금들 언덕
청보리 밭길
배경 주고 주인공 만들어 준 달

감 익어가면 함께 놀아주고
새싹들 안아주고
꽃과 나비 안아주고
그 품속에 단풍도 예쁘게 안아주는 달

알록달록 엽록 색깔 비춰주고
떨어지는 낙엽에 그림 자주고
바람에 뒹구는 낙엽에
길 밝혀주는 달
둥근달에 달 가슴이 겹쳐진다.

# 웃음 바람

천진난만 가을 웃음
천고마비 살찐 웃음
대굴대굴 배꼽 웃음
그냥 좋아 곰 삭 웃음

우리는 웃었다
해맑은 그 모습으로
처녀림 그 모습으로
만년설 그 모습으로
하하 호호 바람 웃음

너는 너대로 반짝
나는 나대로 반짝
우리는 우리대로 반짝
옥수수 알갱이처럼
속이 보이는 웃음

무화과 속처럼
드러내 놓고 웃었어
늙지 않은 詩는 웃음
죽을 수 없는 詩 웃음
구름과 바다 이어주는
용오름 웃음

바람 스치는 소리에도
눈물 나도록 웃고
웃지 말아야 할 순간에
터져버린 웃음
철없는 모습 민망한 웃음

그렇게 살았으니
이렇게 만나지!
떠나도 남아있을
웃음을 사랑한다.

# 뻘밭에 누워서

썰물이 되고 뻘밭에
게들의 공사판 펼쳐지고
말미잘 물 뿜어내는 모습
짱뚱어 뛰는 귀여운 모습 보인다.

살짝 일어나면 촉수 좋은 그들
일사불란 집으로 가는 소리 사씩 쑥
짱뚱어 펄 타고 뛰는 소리 푸드덕
다시 조용해지면 기어 나온다.

물속 햇빛이 그리워서
이 시간 기다렸을 거야
햇살 두꺼운 지금 자양분 만들어
행복해지려는 노력 보인다.

모든 것을 품어 안아 검은색이 된
뻘밭에 먹이사슬 모여서
부드러운 펄 살 속에 삶은
생명의 노래 같다

어느 날인가 강하게 떨어지는
소낙비 부드럽게 받아내는 모습
내리쳐 때려도 품어 안는 익은 모양
부드러움은 강함을 이기더라

부러지는 강함보다
물렁물렁하게 꺾이지 않는 것이
인자하게 보이는 뻘밭에서
삶을 배워 나를 이겨본다.

뻘밭에 떨어진 낙엽 편안해 보여
바람 따라 뒹굴지 않아도 되고
부드러운 어머니 품을 느끼는 듯
하늘 쳐다보면서
파란 하늘색이 참 예쁘다고 한다.

# 홍시 속의 나

탐스럽게 빨갛게 익었네
높은 감나무 꼭대기
유난히 큰 것 감하나!
바람이 세게 불어도 매달려 있다

바람이 없던 날 떨어져
마당 바닥에
박살 난 형체
씨만 네 개 보인다.

소품이 아닌 나
내가 박살 났다.
내 마음이 떨어졌다.
그래도 씨가 말한다.

일어나라 봄이 되고
세월이 가면 새싹으로
걸어 나와
버렸던 연필 잡으란다

멀리 있는 것 잡지 말고
바로 너 속을 끄집어내란다
너의 속은 우주의 노래다
우주를 품을 수 있는 유일한 창고란다

박살이 난 홍시에서 우주가 걸어 나와
어깨를 토닥인다.
다시 일어나 순회하는
인공 지능 차를 타란다

일어나 가보자
어느 날인가 인공 지능
미사일 타고 못된 마음 잡으러 가자
우주의 수호자 지구를 보듬는다

# 로봇 대화

언제부턴가
진짜요라고 물었다
모양도 향기도 같다.
머릿속에서 태어났다

알 수가 없다
기한이 없다.
오래 산다.
변화가 없다.

의심한다.
아니라고 고개 흔들며
뒤엉킨 속에 진짜는
진짜요라고 외쳐야 한다.

감정 없는 것에
정을 주었다.
마음의 상처인 듯
씁쓸하다

정 주지 말자
그냥 보이는 대로 느끼자
편하게 가지고 놀다
버린다. 아깝다

진짜 감정
가짜 감정
진짜 대화
가짜 대화

인공지능 가짜 시대
진짜는 가짜와
짝짓기 하는 시대
외로움을 치료한단다.

그래도 진짜가 좋다.

# 겁 없는 안개

바다를 산을 한입에 먹고
하늘을 삼키려 한다.
햇볕을 막고 세상 지배로
권세를 온천지에 펼친다.

이제는 나 세상이란다
아무도 나를 건드리지 마라.
통치에 따르라
인정하지 않으면 버린다.

누구나 두려운 마음 되어
숨죽이며 살금살금 살았다.
이 순간 맑은 하늘 붉은 태양
예쁜 딸 웃는 모습 보고 싶다

안개는 저 살기 바빠서
속에 있는 다른 삶을 모른다.
서두르면 마지막 된다는
징조인가 얇은 햇살이 내 얼굴 만진다.

아 아 파란 하늘 보인다.
갈매기 날아간다.
안개야 그렇게 짧은 삶을
지키려고 몸서리쳤느냐

모양 형체 없어지니 지금
누가 너를 기억하겠냐?
삶을 그렇게 살면 못써 한다.
안개 맛에 홀린 그들

안개를 피워 온다.
세상에는 크고 작은 안개가
너무 많다. 조직 폭력처럼
몰려왔다 가더라

미소로 맞이하여
조소(嘲笑)하며 보낸다.

# 공상(空想)의 미래

실현될 가망이 없네
현실이 아니네
마음대로 상상하네
공상 모양이란다

옛날 빅데이터 없을 때
컴퓨터가 바둑 이길 수 없었다.
지금은 만 배 빠른 양자 컴퓨터
신의 능력을 담당한다.

공상이 현실 경계 무너뜨리고
상상 환상. 한 밥그릇에 담는 날
새 세상 조합된다.
칠십 년 삶이 칠백 년 삶 같다

핵폭탄 미사일 무서워 마라
되돌릴 탄이 나온다.
강점이 약점 되듯
지능 감지 속으로
되돌릴 회로 빛 발사하여
되돌려 보낸다.
너나 먹으라고

미래는 공상 환상
친구 되어
그 속에 들어가면
만화경이다

지금은 지구가 아파 열이 나서
지구살 조직인 얼음 녹아내리고
하늘에 구멍도 뚫어졌다.
지구의 운명 앞에 할 말이 없다.

*만화경 : 여러 개 거울 다양한 것이 섞여 있는 모양*

# 보내는 마음

나목 사랑하기에
잎을 보내야지
남들은 버린다. 하지만
나는 보냅니다

보내면 다시 오지요
버리면 못 오십니다
그날이 오면 뿌리에서
당신 체온 느낍니다

언제라고 말 못 하지만
꼭 오십니다
비바람 눈보라 쳐도
온다고 했습니다

더부살이 서러워도
웃을 날 기다리며
미리 웃으렵니다
너무나 사랑하기에

날마다 우수수 떨어져 갈 때
아픈 내 새끼들의 신음을
아십니까
바람이 안고 어디로 날아갔소

함께 있어 같이 죽느니
낙화유수 너만은 지키려고
떠나간대요
벗고 있어도 입고 있는 것처럼
그 마음 느끼옵니다

더부살이하더라도
너를 지킨다.
너만은 살아다오 죽음은
나 하나로 막아야지

야무진 그 생각에 슬픈 눈물
웃음으로 번지고 윤슬로
빛이 납니다

* 낙화유수 : 지는 꽃과 흘러가는 물 힘이나 세력이 쇠퇴해 가는 것을 비유함

# 동백꽃 12월

날은 날아가고
월은 월담하여
다른 해를 바라본다.

나만 그달을 붙들고
아쉬워하는구나
12월 동백꽃은
내 마음처럼 아쉬워
빨갛게 물이 든다

그리움에 우는 꽃잎
색깔마저 처연하여
눈 시리고 파란 잎에 아롱진
햇빛 반사는 누구를 찾고 있는가?

나 여기 있소
12월에는 동백꽃처럼
살게 하소서
찬바람 빨간 정열
멋있는 조화입니다

마지막 늙은 날 늙은 달
빨간색 모자이크로
젊게 꾸며보는
동백꽃 정성 눈물겨운
몸부림 아니던가요

해풍 찬바람에
꿋꿋한 네 모습이
내 모습 되어 이 한 해를
웃고 보내련다.

# 성탄은 구원

하나님.
사람으로
땅에 오신 날
숫처녀 배를 통하여
사람과 똑같이 통증
느끼며 가장 낮은 자리
말구유에서 아기로 오셨다.

수없이 많은 예언
시공간 넘어 오래전
선지자 예언 이룬 성탄
기적도 이적도 아닌
예언 이루어졌다

약속 지키는 하나님
믿는 자
하늘나라 유업 주신다고 했다
믿음도 주신다고 하시네.

우리 노력으로 믿음
얻을 수 없다.
믿음은 하나님이 주셔야!
가질 수 있단다

주 시인하면
그 나라에 가는 믿음 준다 했다
어린아이같이 안으면
천국 들어갈 수 없다 한다.

어린아이처럼 쉽게
주님이라고 불러보자
똑똑한 사람이 보면
어리석다 할지라도

주님은 잃어버린 양 찾은 듯
기뻐한다.
그리운 내 친구야
주 시인하고 천국 마당에서 만나자

사랑하는 내 친구야
황금보석 꾸며진 집
너와 함께 가고 싶다

# 새해 아침

해 보기
아침 붉은 해
보았습니다
찬란한 저 빛
만물이 바라본다.

소원 빌고
기도하고
묵도하고
가슴 활짝 열고
내 속에 품는다

소복 입은 경자년
무슨 사연 묻지 마라.
사연 없는 년 없더라

언제 살짝 와버린
동거자야 기왕이면
동락 하자

웃음 주고
기쁨 받고
사랑 주고
행복 받고
정 주고
그리움 받는다네

살다 보면
좋은 날
뒤돌아보면
추억 있네
저기 보이는
해처럼
밝은 빛 안고

경자년에 안겨본다.

# 마음 주세요

주세요
보이는 마음
말로만 하지 말고
보여주세요

편한 것 말고
기쁜 것으로
선심 말고
진심으로

편한 전화 말고
비싼 얼굴 봐요
세상의 어떤 것보다
더 비싼 당신 모습

기다리다 미워지는
내가 싫어져
구시렁거린다.
여기 왜 왔느냐고

돌아서다
다시 돌아보는
내 마음 알 수 없어
속 보인다 속말하고

거울 보니 내 귓불이
붉어졌네!
나는 아직 순진한가 봐
잠시 버린 당시 마음 찾으렵니다

# 매실 꽃 봄

찬바람 추위에 움츠리고
전염병에 몸 사리는 지금
매화 봄을 안아 꽃눈을 뜨고
새하얀 꽃잎으로 희망의
미소 보냅니다

참고 기다리면 꽃 피지요
버리고 비우면 채워지고
주고 나누면 배려가 인사하고
사랑이 노래한답니다

세상의 수많은 사랑 노래들
태어난 사연이 각각 다르듯
느끼는 의미도 새롭습니다

지난봄에 느끼던
그 마음 아니고
새봄은 새로워요
매화 가지마다
새봄이 꽃 피고 있습니다

하룻밤 지나고 나면
이 가지 저 가지에

앙증맞은 매실 꽃들
뭔가 이야기하는데
들리지 않아 꽃잎에
입 맞추어 봅니다

매실 꽃 피니 내 마음도
피는 것 같아 그냥 기쁩니다
보고 싶은 임들
이 꽃 함께 바라보면
얼마나 좋을까요
그립습니다

# 입체 마술

3D 돌려 봐
각도 틀어
0도 360도

CAD에 올려
둥둥 띄워서
빙글빙글 돌린다.
거대한 공장
마음대로 돌린다.

같은 물체
변하는 각도 따라
마술하듯
모양이 바뀐다.

생각하면 머리 아픈
과학 수학 시가 되어
이렇게 나타날 줄
예전에 몰랐습니다

걸어서 몇 시간
돌아봐도 보이지 않는
숨은 곳들이 너무도 쉽게
눈 안에 들어오는 현실
경악스럽고 놀랍습니다

3D 입체의 무한한 각도는
사물을 보는 시인의 눈처럼
같은 물체 다른 감정을
촉수로 찍어 표현하듯이
보여줍니다

아름다움은 변화에서
얻어지는 선물
과학도 시인도
변화는 무죄입니다

* 3D : three-dimensions (입체사진 영상)
* CAD : Computer aided design(컴퓨터 사용 설계)

# 인공지능

여기도 저기도 AI
필수 신조어입니다

4차산업 주인공
천리마 같은 5G 타면

꿈이 현실로
현실보다 더 확실하게
꿈이 손에
잡혀있단다

AI 인공지능
지금은 범용 인공지능 AGI 시대
미래는 우리 머리를
다 복사해서 AGI 만든다.

별스러운 시대가
눈앞에 와있다.
펑펑 뚫리는 사람
꽉꽉 막히는 사람
공존의 방법
AGI 선생님 대답해 준다.

별것 아니야!
웃는 모습으로
신뢰하는 친구로
내 손안에 똑똑하게
떨고 있다
스마트폰

AGI 아무리 용맹해도
내 손안에 열쇠
스마트폰 속에 담겨 있다.

* AI (Artificial Intelligence · 인공지능)
* AGI (Artificial general Intelligence, 인공 일반지능)

## 걸망을 메다

이마에 진땀 송골송골
진통의 극에서 응 외마디
두 주먹 쥐고
아 추워
합성어 응 아 애기 울음인가요
아버지와 가족들은
좋아라. 웃어 준다.

진통하고 놀라는 모습에
시원한 웃음 보내는 식구들
세상이라는 걸망 메고 가란다
너 가는 길에 화평과 평안 있으라네

빈 걸망 메고 길 떠나?
가벼워서 촐랑거렸지!
시간과 발자국이 교차하고
뭔가 조금씩 무거워지네

걸망은 욕심의 집이 되고
배가 불러 볼록하고 통통하다.
내 친구들 나보다 더 볼록하다.
걸망에 더 많이 채우는 경쟁
치열하다

봄이 봄인 줄 모르고
걸망 채우기에 매달인 우리
어느 친구는 걸망이 너무 무거워
뒤뚱거리고 씩씩거린다.

다른 친구는 걸망이 찢어지고
모양도 없어지고 찢어진
걸망만 홀로 바람에 나부낀다.

요절 없이 살아온 지금을
감사하는 순간
걸망 속 비워지고 가벼워지니
이 맛이야 뛰고 날 것 같네

짐은 벗고 삶은 안고
그렇게 살라 하네

# 눈물 어린 사랑

간 제비 돌아오는 강남 길 쪽에
산수유 매화 따라 진달래 피고

군대 간 우리 오빠 휴가 나오네
시집간 언니 소식 들려오는 날
잘생긴 조카 사진 보내오니
온 집안 싱글벙글 웃음꽃 피네

손전화에 눈 뺏긴 엄마 얼굴
눈꼬리에 그렁그렁 눈물도 있다.

그 눈물은 작년 봄에 떠나간
아버지 모습

웃음 속에 눈물은 사랑 그림자
내 가슴 멍해지고
코 등은 시큰해라
내 눈에도 눈물 터진 이

아- -아 눈물은 사랑 그림자

그 눈물은 작년 봄에 떠나간
아버지 모습

웃음 속에 눈물은 사랑 그림자
내 가슴 멍해지고
콧등은 시큰해라
내 눈에도 눈물 흘러내리니

아- -아 눈물은 사랑 그림자

# 춘삼월 연정

정을 실은 봄바람
사랑 찾아 짝짓고
하늘로 고개 들어
인사하는 싹과 순
봄의 품에 안겨 웃는다

봄바람아
좀 더 세게 안아서
코로나19 끼어들지
못하게 막아주세요
숨어있는 코로나19
찾아서 버리는 일
봄바람이 해 준단다

그리웠던 춘삼월
봄 향기 그윽한 달래 캐서
간장 만들고
보리밥 비벼 봄동 겉절이 먹고
얻은 힘으로 코로나19
쫓아내겠다.

소곤소곤 말하는 봄바람
떨지 말고 일어나란다
가슴을 활짝 펴란다
누구 없소 불러보란다

활짝 핀 민들레 웃고
앵두 살구 진달래 꽃망울
앙증스러운 눈 미소 보내니
교감으로 이야기한다.

밤새워 주고받는 이야기는
마음에 낀 때를 씻어 주었다

## 바다와 파도

잔잔한 물결
모래 위에
오선지 그리고
누군가의 발자국
지우고 간다.

아주 작은 저음으로
귓속말하고 뒷걸음
춤추듯 살며시 간다.

포구를 돌아오니
눈 때리는 바람
절벽 때리는 파도
거품을 물고
성난 황소처럼
돌진한다.

구릉에 앉아
먼 곳 검푸른 파도
바라보니
너울질 탈춤인 듯
너울너울 몰려와서

양반인 듯 서 있는
절벽 바위 드잡이하고
깨지는 물보라 물러가며
싸~악 쉬이 노래한다.

썰물로 멀어져 가고
노란 모래밭 위에
파도에 얻어맞은
절벽은 그날에
기록 상형 글자처럼
새겨 있다.

천년 넘은 악보를 그린 듯
촘촘한 선들은 무엇을
노래하고 있는가요

# 창문을 열어봐

창문 열면
하늘 보이고
손 뻗으면 잡힐듯한
매실나무 가지
나란히 서 있는
감나무 바람에 흔들려
존재를 알린다.

창문이 열리니
마음 열리고
코가 반응하여
향기를 찾는다
진한 천리향 스며드니
봄 처녀 와서 인사한다.

창 하나 열었는데
눈이 코가 반응한다.
귀와 입이 응답하고
마음이 열린다.

신선한 바람에
깊숙한 곳 폐가
기지개 켜며 웃는 소리
아 이 맛이야.
싱싱한 공기다

삶은 연결인가?
따로 있는 듯
붙어있는 이웃들
한 몸으로 얽혀 있다.

창문 열고 나를 열고
우리를 열어
막힘에서 풀려나와

창공을 바라보며
참살이 힘을 얻어 웃어 보자

# 파란(波瀾)의 진동

고요한 웅덩이에
누가 던진 돌이냐
풍덩 큰 물결에서
작은 물결 번져
움직인다.

물결은 파란 일어
퍼져간다.
흙탕물이 일렁이니
메기들 퍼덕이며
울렁거림에
구정물 일어나고

숨어있던 장어도 나오고
피라미는 물 위로 뛰어올라
삶을 얻으려 한다.
송사리는 배를 하늘로
두고 누워 버린다.

한 웅덩이 한 지구
욕심이란 돌을 던져
면역 잃은 물
면역 잃은 공기
파란이 일고
끝 모를 어둠에 갇혀 있다.

움직일수록 구정물 같은 코로나
따라 움직인다.
가만히 있자
욕심이 비워져 맑은 그릇이 될 때

청초한 풍경소리 들려오리라

# 아버지의 눈물

보릿고개 슬픈 봄
못 먹어서 얼굴 부어
눈이 보이지 않는
딸을 부잣집에 보내서

밥이라도 먹게 하고 싶어
정을 떼야 한단다
아버지의 퉁명함을
어머니는 안쓰럽게 바라본다.

먼 친척 집
서울에 왔다 청소하고
빨래하며 밥 얻어먹는 일 했지!
늦었지만 초등학교 편입하여
나이 많은 학생 꼴등 하는
학생이 되었다.

졸업할 때는 친구도 생기고
촌티를 조금씩 벗었다.
야간 중고등학교 졸업하고
대학을 꿈꾸며 작은 회사
취업했다

언니와 오빠 동생 함께 살겠다고
애원하던 내 모습 서러워
이불 덮고 밤새워 울던 때
잊을 수 없습니다.

아버지 왜 그랬어요
너를 버려야 살린다는
큰 뜻을 이제야 조금 알아요.

무거운 짐 대신 져주지
못했음을 가슴 쳐봐도
가버린 아버지 말이 없다.
때늦은 후회 그리움만
남았습니다.

# 마음 설거지

채우고 넘쳐서
포만감에 뿌듯했던
한때를 보내고
기명 통 왔구나

뜨거운 물에
보득보득 씻어내니
옛 모습 찾아가네
깨끗해진 그릇들
이야기 들린다.

살다 보니 좋은 날 오네
줄지어 물기 마르는 모양
쉼 하는 소탈한 모습
내 모습이면 좋겠다.

너를 씻어 비웠으니
나도 씻어 비워야지
비워져서 좋은 것
가벼워서 좋다면
버리고 비워야지

내 마음 기명 통이 없네
설거지통 싱크대
찾아봐도 마음 씻고
닦을 곳 없네

마음은 형상 없는
양심 통에 씻으라네
깊은 산 속 은밀한 곳에
맑은 샘처럼 솟아나는
양심 통에 담그라네

씻어지고 닦아진 마음 색깔
전나무 숲속에서
쳐다보는 파란 하늘색이네

* 기명 통 : 설거지통의 방언(옛날 싱크대)

# 눈물에 웃음꽃

전쟁둥이 칠십 고희
그날의 아픔 생생하고
지금도 진행형 전쟁은 휴전
화약은 폭약으로
공동사무실 폭파되고
가슴에 대못 하나 더 박는다

세월이 가도 칠십 고개 넘어
그달 그날 돌아오는데
벗지 못한 군복은
언제 벗을까?

미워도 싸워도 형제
같은 민족 같은 말 쓰는
한민족 대명천지
밝아져 먹을 것이 많은 이곳
먹거리 빼앗기지 말자

힘 모아 칠 광구 JDZ 찾아
백 년 먹어도 남는 원유 확보가
오늘의 숙제다

되놈은 떼거리로 밀고 오고
왜놈은 감추어서 저 혼자
먹겠단다

공동구역 힘으로 차지하고
힘자랑하는 그들 속에
살아남는 용기와 지혜
서로가 머리 맞대 의논하자

형제여 우리 함께
우리 것 찾아서 마른 눈물에
웃음을 주자

# 신묘한 생각

보리수나무 아래
잠자는 시보를 깨운다.
숨겨진 끼 옷 입히고
기를 시보 속으로 불어넣어서

요단강 언덕 야시장에서
승이라는 말을 사 와서
기가 들어간 시보을 태우고
달리라고 했어.

지옥을 단숨에 통과하여
연옥으로 가라고 했지!
연옥 하류는 이 세상 몇천 날이지
타고 간 말이 쌍둥이 낳아서

한 놈은 극락으로 보내고
다른 한 놈은 천국으로 보냈지
좋은 곳을 찾아서
소식을 보내라

천국이 좋으냐
극락이 좋으냐
좋은 곳은 어디더냐

# 동백 꽃망울

꽃눈 틔우더니
꽃망울 맺었다

어린 모습은
청순하고
깨끗하다

다칠세라 나뭇잎
주변 에워싸 바람막이한다.

부끄러운 듯 빨강 입술
꼭 다물고 볼 내미는
예쁜 모습 혼자 보기 아깝다

나뭇잎 떨어져도
찬 바람 불어와도

동백은 새로운 계절의
주인처럼 눈을 뜬다.

눈 부신 태양 마주 보며
빨강 입술에 웃음을 그린다.

티 없이 맑은 모습은
늙은 낙엽을 웃게 한다.

# 모퉁이 돌아가는 봄

아가야 눈을 떠라
봄의 예쁜 얼굴
매화 살구 목련 벚꽃이다

봄은 하얀 색깔이지

아가야 웃어봐라
산수유 개나리 유채꽃
노랑 저고리 입어라

봄은 노랑 색깔이지

아가야 걸어와라
진달래 연산홍 복사꽃
빨강 모자를 쓰고 오라

봄은 빨강 색깔이지

아가는 하얀 치마
노란 저고리 빨강 모자로
멋있게 차려입었네

대답 없이 모퉁이 돌아가는
아가는 눈꺼풀이 무거워
하품한다.

120

# 속눈을 뜬다

속눈을 뜬다.
보이지 않았던 것이 보인다.

예쁘기만 하던 장미가
오월 속에 왕이 되는 모습

봉우리 속에 햇빛을 모으고
달빛에 손짓하고
별빛을 불러온다.

바람아
사랑가를 불러주오

솔솔바람 불어와 설렘
흔들어 터트린다.

해와 달 별빛이 춤을 춘다.

장미가 왕좌에 앉는다
감사로 발화된
저~~빨강 매혹스러운 빛깔

사랑에 빠져 버리란다

# 막지 마세요

가는 길 가고
오는 길 오고
건드리지 마세요

물이 가는 길 멈추게 하니
귀한 검은 모래
다 퍼 가버려요

어느 동네는 가는 물
막았던 이 무게를 못 이겨
흔들어서 수많은
중생이 가버렸어요

가고 오는 순서가
내 맘대로 안되지요
마음은 언제나
조금 더 하고 손을 내밀지만
지나고 보면 욕심이었소

욕심으로 아파하는
지구는 하늘은 동공
땅은 지진
바다는 만년설 녹아
넘치는 물이 땅을
덮어가요

짧은 백 년 무엇 때문에
막아서요
그냥 가던 길 가시라고요

# 겨자씨 한 알

하늘을 품고
바다를 안은 마음속에
겨자씨만큼 작은 믿음 있는가

믿음은 살아 움직이는
힘이 사는 집
움이 트고 싹이 자라는
생명의 신비가 숨 쉬는 곳이다

그분은 말씀하셨다.
겨자씨 한 알만한 믿음 있으면
이산을 명하여 저기로 옮길 수 있다

다시 말씀하신다.
이 뽕나무를 바다에
옮겨 심기 우리라 한다.

그대 믿음 있는가
작은 씨앗에서 나무가 자라 나와
공중 새들이 깃들어 쉰단다

믿음 중의 믿음은 천당 가는 믿음
겨자씨 한 알만한 믿음 가졌는가
구원의 믿음은 하나님 주신 선물이다

예수 이름 부르는 자
천국 열쇠 믿음 받아서
자신 있게 사랑 역에 내려서
보무당당하게 하나님 나라
들어가 보자

# 감 하나의 가을

여름을 모으고
가을을 집합했구나

못 견디게 더워도
세찬 태풍 견디면서
비바람 천둥 몸으로
이겨내고 고통의 시련
빨갛게 타버린 가슴앓이
그 색깔이 이제야
보이는구나

우듬지에 앉아서
태평스럽게 보이니
가을 왕자 같구나

큰 대봉 불타는 너는
무서리 된바람 껴안고
짙은 사랑가 흥얼거리니
너를 두고 그냥 갈 수 있겠냐

# 미완성의 곡예

삶은 미완성
끊임없이 움직여
길을 찾아간다.

우주도 작게 크게
쪼개지고 확장되어
응집된다.

내 몸도 분초마다
세포의 분열이
버리고 다시 산다.

과학이 시가 되고
시가 공학이 되어
인공 지능이 된다.

길목마다 마디마디
아슬아슬 곡예하고
살아남아 예술이 된다.

웃음의 곡예는 빛이고
눈물의 곡예는 어두움
웃고 웃어 오색 빛을 발산하자

미완성의 곡예는
오만 원 한 장 물고
웃는 돼지머리다

# 바람이 걸리다

바람은
바위에 걸리고
산 등에 걸려
돌아가고 넘어서 간다.

전선에 걸리고
전봇대에 걸려
앙칼진 소리를 파생한다.

작은 잎새에 걸려서
파르르 떨고
나목에 걸려 쌩쌩한다

그 누구에 마음에는
오래전에 걸려 있는
바람이 있다

세월이 가도
더 깊게 파고드는
꽃바람 추억을 색인하고
사랑을 걸어 놓았다

못 잊어 부여잡고
애달파 우는 바람
언제 지나가려나

아파하지 마라
·슬퍼하지 마라
날이라고 달이 가면
가고 가다가
옛날이었다 하리다

# 아름다운 착시(錯視)

어둠을 덧입은 검은 바닷물
철썩이는 물소리 겁을 준다.

작은 조각배 흔들림은
닻줄에 의지하며 그 자리를
지키고 서 있다

한 줄 바람이 뒷머리 스칠 때
수평선 끝자락에서
휘황찬란한 유람선
나를 향해 오고 있다

점점 다가온다.
여러 사람 웅성거림 들리고
거대한 몸짓으로 덮쳐온다.

닻을 올리고 피하려고
허겁지겁 움직여 봐도
큰 배가 밀어 오는 파도는
조각배를 흔들어 버린다.

부딪치는 순간 어머니 얼굴만
떠오르고 쿵 하는 소리까지
들렸는데 아무것도 없다.

휘황찬란한 불빛과
거대한 유람선
나는 무엇을 보았을까?

살아남은 기쁨보다
머리가 뻣뻣하게 서버리는
무서움이 나를 지배하고 있다.

# 모순의 늪

하얀 국화꽃
예쁜 꽃으로만 봐야지
꽃이 장례식장 소품으로
느껴진다.

과거 현재
혼재된 상념
현세에서
과거를 껴안고
과거처럼 사는 사람

분명한 것은 지금이
중요하다
과거의 줄을 끊어야 한다.
세월의 연줄
가슴에서 목을 조여온다.

삶은 내일이란 무지개에
희망을 걸어
오늘을 잃어버린다.

오늘을 안개에 묻어버리니
행복은 꺼져버리고
웃음을 덮어버렸다

안개 벗어나
구름 등지고
웃는 태양을 껴안고 싶다

나의 태양을 끝까지
웃게 하고 싶다

# 생생(生生)

존재는 생이고
공존이 사랑이며
비움이 배려입니다

연기(緣起)와 상대성(相對性)
생과 생
멸과 멸이다

만년설 아작나면
그 속에 숨어있는
바이러스 생생하고
우리와 이웃 멸멸한다.

더 빠른 死의 찬미
중력의 이동
무게의 이동은
지축을 흔들어 버린다.

천지개벽의 시나리오
완성되어 무대 위에
올려지면 관중 없는
그날이 된다

혜안의 지혜자여
사의 찬미를 노래하는
지금이 그대의 푸른 시절
웃어보세요

드러난
이빨은 독을 품은
독사 이빨 같습니다

# 증언자

재판 없이 막이 내린다.
불러주지 않는 증인
증언하고 싶다.

민속 문화
회갑 칠갑
기제사 시제
가마 타고 말 타는 혼사
당산제, 풍우제
책력 봐주는 할아버지
손 없는 날
2월 할매
당골네
조항단지
좀들이 쌀 단지
똥 구사
똥장군
일제고사

즐겨 먹던
찔레순, 삐비풀
송구(솔가지 속껍질)

형체도 있고
흔적도 있는데
아무도 찾지 않는다

마지막 증언자는
그런 것 있었지
혼자 중얼거린다.

기억의 천재 AI는
대답할 것이다
70년 전 일들이란다

# 번개를 타고 간다

속도 시대
칼은 총에 젖고
말은 디젤 기차에 젖다

지금도 속도는
승리의 표상이고
경쟁하며 얻기 위해
비밀의 장막을 친다.

누가 번개를 탈것인가?
이론은 하늘의 구름이
가르쳐 주었다

번개와 벼락을
무저항 통 속에 넣어서
운전하면 된다.

번개 차로
서울에서 부산까지
10분이면 도착하니
일일 생활에서
시간 생활로 바뀐다.

인생아 세월이 짧으니
속도를 높여
삶을 늘려가잔다

번개 차 타고
세월을 만년씩 묶어
주름 접어
몇만 년을 살겠구나

# 비껴가는 길

마주 보며 가는 길
부딪칠 수 있어요
마주칠 때 대형 사고입니다

아슬아슬 비껴갔다.
비껴가서 살아남았지
행운은 비껴가는 길이다

비껴가서 얻지 못하는 것들
복인지 화인지
세월이 가야 알겠더라

살다 보면 비껴가서
얻어진 오늘이 몇 번이더라
너나없이 생각하면
오금 저리도록 무서웠던
순간 몇 번이던가
슬프고 아픈 기억 가슴마다
쌓아둔다.

새날 새해가 되면
손가락 걸었던 초심이 되어
날아오는 액운들
비껴서 가자

어여쁜 그대 서 있는 자리
향기 그윽한 동백동산 같구나
역병아 동장군아,
비껴가거라

# 해가 뜬다

찬란한 태양
이글이글 발산하는
뜨거운 빛살
가슴 가슴을 데운다.

저 뜨거운 기운 속에
무엇을 기도하고
가열하여 잉태할 것인가?

사랑의 밀어들
아쉬움 뒤로하고
세월 따라가야 한대요

미련의 아쉬움
후회의 눈물 맞은
형체가 없어도
기니긴 아픔이랍니다

태양 속에 세월이 익어
그 많은 눈물이 마르고
어머니의 미소만 보입니다

태양은 어머니 미소를
태우지 못합니다

해오름을 보는 것은
내 어머님의 웃음을
보는 것입니다

아침에 떠오르는 해님은
청포 물에 머리 감고
참빗으로 곱게 빗은 어머님의
정갈한 머리 모양 같습니다

제목 : 해가 뜬다
시낭송 : 박영애
스마트폰으로 QR 코드를 스캔하면
시낭송을 감상할 수 있습니다

143

# 정 따라
# 피는 꽃

최이천 제2시집

2022년 5월 2일 초판 1쇄
2022년 5월 4일 발행
지 은 이 : 최이천
펴 낸 이 : 김락호
디자인 편집 : 이은희
기 획 : 시사랑음악사랑
연 락 처 : 1899-1341
홈페이지 주소 : www.poemmusic.net
E-Mail : poemarts@hanmail.net

정가 : 12,000원
ISBN : 979-11-6284-357-4